ES WAR EINMAL VOR LANGER ZEIT... DA GAB ES EINEN ORT NAMENS HEARTLAND, AN DEM ALLE MENSCHEN MIT DEM BAU VON MASCHINEN ZU TUN HATTEN.
WOHIN WOLLEN DIE ALLE?
SCHON WIEDER SO EIN FURCHTBARER STAU...
HIERHER. NACH HEARTLAND CASTLE.
HUPF
ヒョイ

I. AKT
IN DIESER BURG WERDEN RUND UM DIE UHR MASCHINEN GEBAUT.
Napping Princess
– ERZÄHLUNG VON EINEM UNBEKANNTEN ICH –
ORIGINAL WORK: KENJI KAMIYAMA
MANGA: HANA ICHIKA
HEART MOTORS

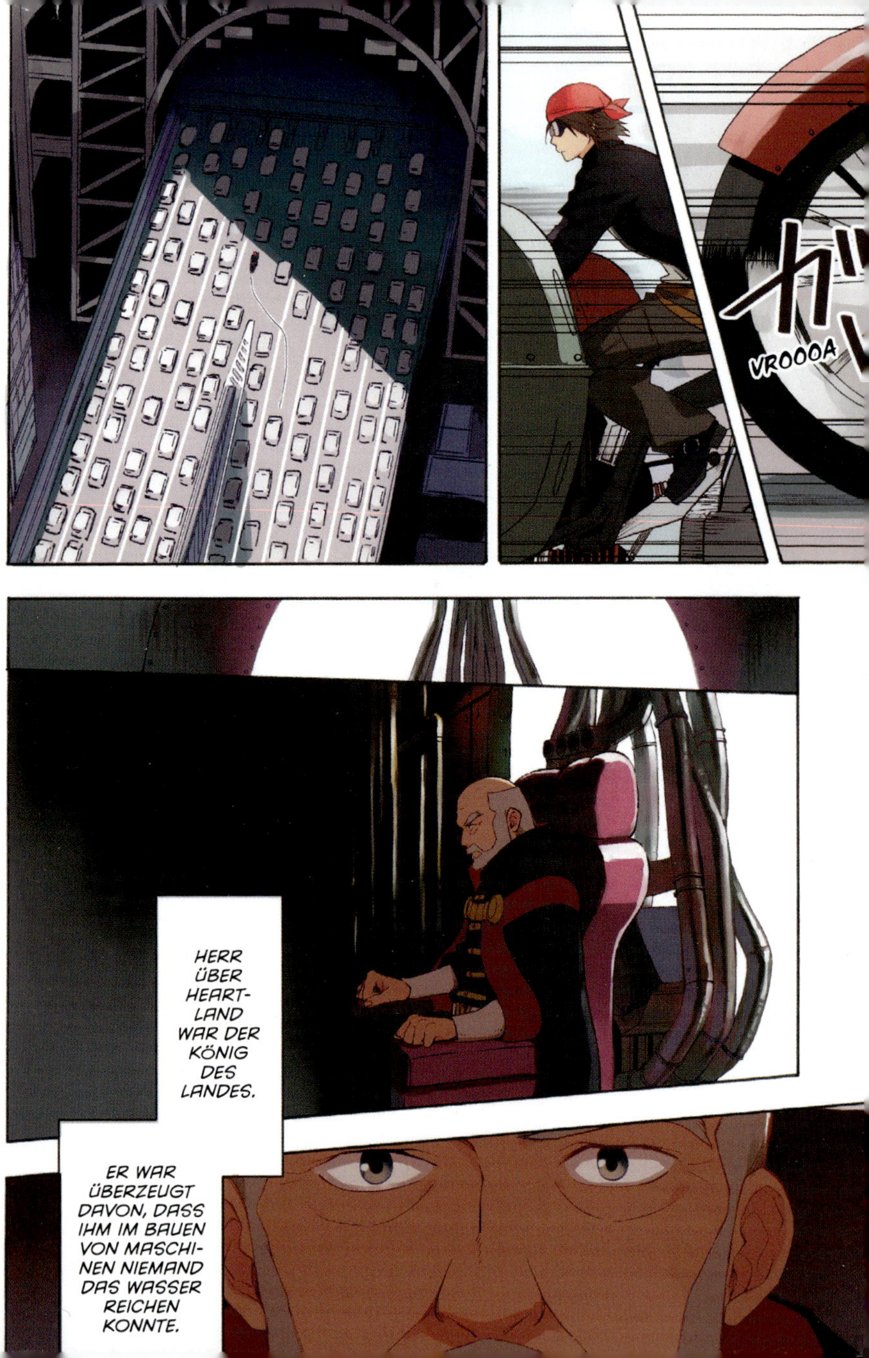
VROOOA
HERR ÜBER HEART-LAND WAR DER KÖNIG DES LANDES.
ER WAR ÜBERZEUGT DAVON, DASS IHM IM BAUEN VON MASCHI-NEN NIEMAND DAS WASSER REICHEN KONNTE.

UND ER GLAUBTE FEST DARAN, DASS DIE MASCHINEN ALLE MENSCHEN GLÜCKLICH MACHEN WÜRDEN.
WEGEN DER VIELEN STAUS MUSSTEN DIE MENSCHEN ALLERDINGS SCHON MORGENS IN ALLER FRÜHE DAS HAUS VERLASSEN, UM NICHT ZU SPÄT ZUR ARBEIT ZU KOMMEN.
...
KLICK
DIE MENSCHEN, DIE TAGTÄGLICH ZUR BURG PENDELTEN, BAUTEN DORT AM FLIESSBAND AUTOMOBILE.
17:00:00
NACHMITTAGS UM 17 UHR WURDEN SIE VON IHREN KOLLEGEN ABGELÖST. DANN BEGANN DIE SPÄTSCHICHT.

ICH HAB HEUTE NUR VIER STUNDEN GESCHAFFT ...
...
ガヤ BLA
ガヤ BLA
BITTE SEHR...
DIE VERSPÄTUNG WURDE VOM LOHN ABGEZOGEN.
日給
TAPP
HA...
HE, IST DAS IHR ERNST?!

* TAGESLOHN.

STAKS STAKS
TRENNEN SIE SICH ENDLICH VON DIESEM MOTORRAD!
SWIFF
EIN NEUWAGEN IST DAS RICHTIGE FÜR SIE!
HÄH?
ICH WILL ABER NICHT ...
STAKS
!
REGELVERSTÖSSE WERDEN MIT ABZÜGEN VOM LOHN BESTRAFT!
WHAFF
MANN ...!
RASCHEL
UMPF!
WATSCH
UND SIE LEGEN SICH DIESEN MONAT AUCH EINEN NEUWAGEN ZU!
FLAP

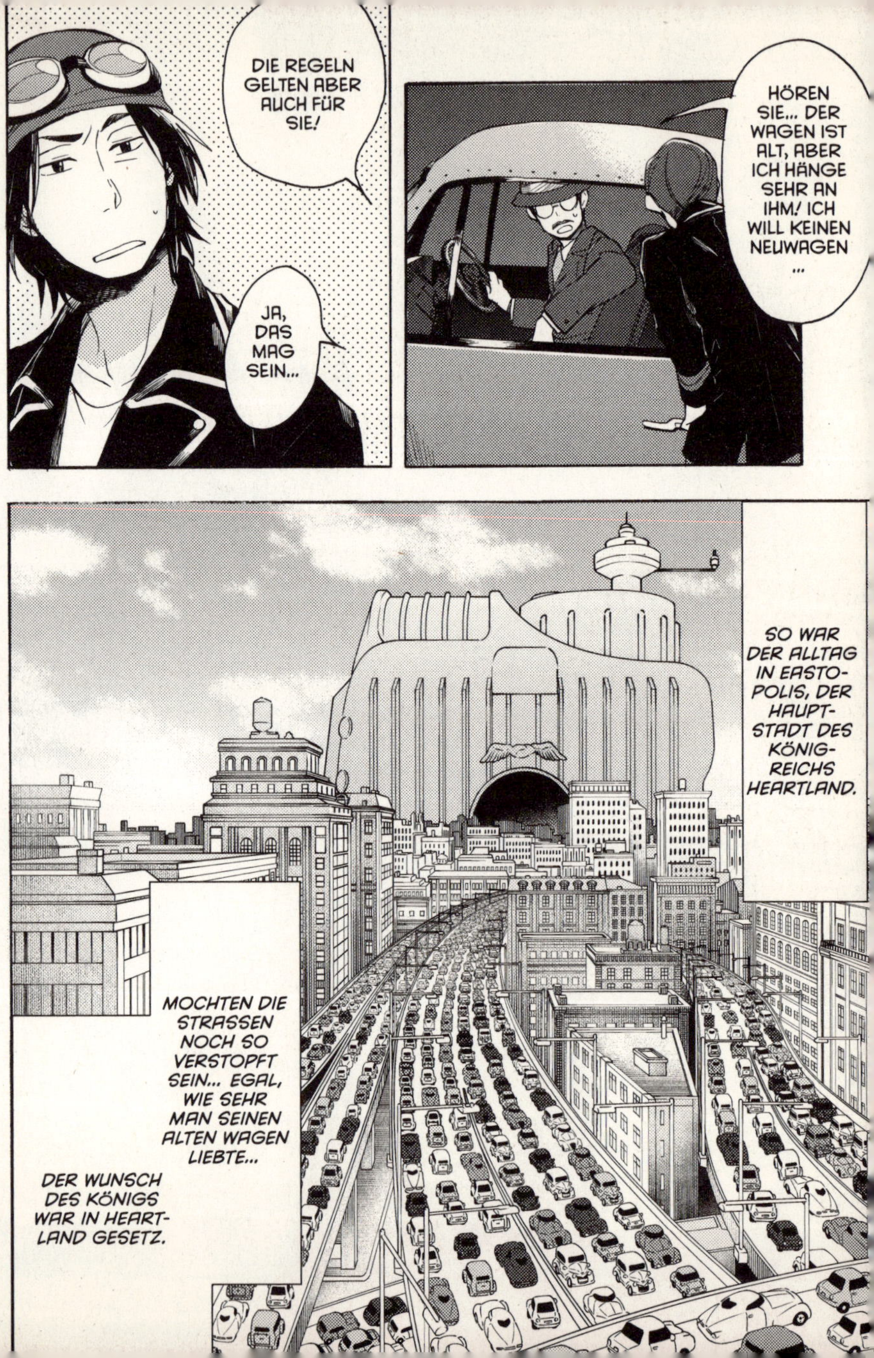
DIE REGELN GELTEN ABER AUCH FÜR SIE!
JA, DAS MAG SEIN...
HÖREN SIE... DER WAGEN IST ALT, ABER ICH HÄNGE SEHR AN IHM! ICH WILL KEINEN NEUWAGEN ...
SO WAR DER ALLTAG IN EASTOPOLIS, DER HAUPTSTADT DES KÖNIGREICHS HEARTLAND.
MOCHTEN DIE STRASSEN NOCH SO VERSTOPFT SEIN... EGAL, WIE SEHR MAN SEINEN ALTEN WAGEN LIEBTE...
DER WUNSCH DES KÖNIGS WAR IN HEARTLAND GESETZ.

DEN KÖNIG QUÄLTE INDES EIN PROBLEM...
SEINE GELIEBTE TOCHTER ANCIEN...
... VERFÜGTE ÜBER MAGISCHE KRÄFTE UND BRACHTE SEINEM LAND UNHEIL.

STARR
キッ

THUMP
スッ
HUSCH
すくっ

ぽす
LUPF
ピ BIP
ピ BIP
ピ BIP
AN: JOY
JOY KANN LAUFEN UND SPRECHEN
SCHON MIT DREI KONNTE ANCIEN ZAUBERN.
UND SENDEN!
ピクッ
ZUCK
ピッ
BIP
ピョン
HOPP
ピョン
HOPP
SEHR ERFREUT!
ぺこっ
VERBEUG
ANCIEN TAUFTE EIN STOFFTIER AUF DEN NAMEN JOY UND LIESS ES SPRECHEN.

UND IM ALTER VON SECHS BELEGTE SIE DIE MASCHINEN IN DER STADT MIT EINEM ZAUBER, SODASS DIE SICH OHNE DAS ZUTUN DER MENSCHEN IN GANG SETZTEN.
ワッ
WAAAH!
WUIIIII

WHAFF
QUIETSCH
KLICK
FLASH

MEIN MAGI-SCHES TABLET!

SIE HABEN DICH HIER EINGE-SPERRT...
DU ARMES DING ...!
CRMB
ABER ICH HOLE DICH NACHHER HIER RAUS!

バタバタ
TRAMPEL
MIR IST, ALS OB...
ぱっ
WHAFF
ICH BITTE UM VERGE-BUNG, HOHEIT.
TACK TACK TACK TACK
ツカツカツカツカ
TACK TACK
TACK
ツカ
TACK TACK TACK

ガンッ
BANG
TUPP
トッ
タッ
TAPP

ツカツカ
TACK
TACK
ツカ
TACK
ピ
BIEP
ガコーン
RUMBLE
WUMPH
ガッ
GRAPP
HIUUUU

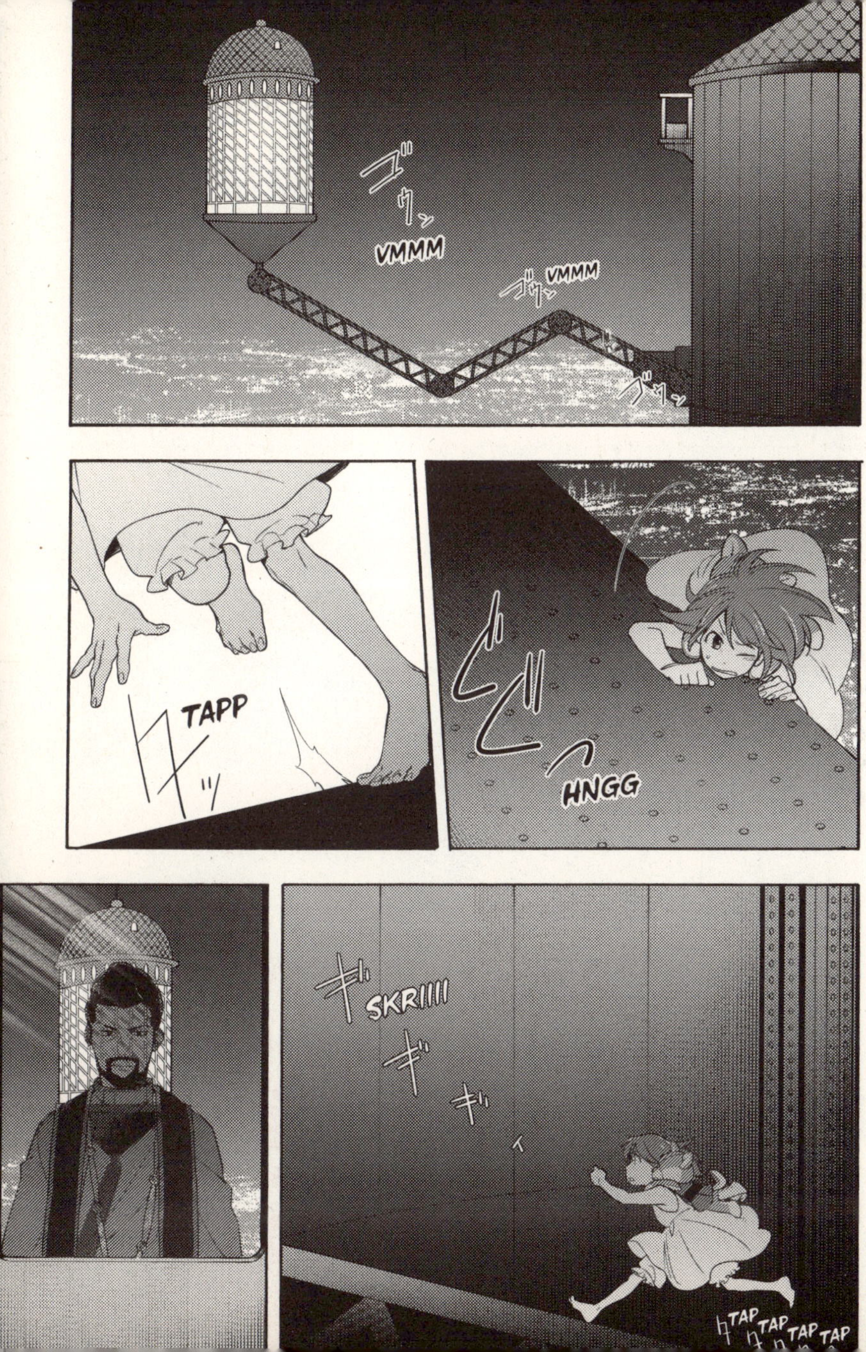
ゴウン
VMMM
ゴウン
VMMM
ゴウン
ぐぐっ
HNGG
タッ
TAPP
ギギギィ
SKRIIII
TAP TAP TAP TAP

RA TA TA
TAP
TAP
RA TA TA
THUMP
WHAFF
RUMBLE
TACK
TACK
TACK
TACK

...
...
TAK TAK TAK TAK
ガコ…ン
KT ONG
PUH!

MEIN NAME IST ANCIEN.
ICH BIN EINE KÖNIGLICHE PRINZESSIN.

ピクッ
ZUCK
HN ...
がばっ
WHAFF
HA!
ZWITSCHER
ZWITSCHER
GERET-
TET...
ZWITSCHER
...
パッ
FLAP
07:35
HIMMEL!

ICH KOMME ZU SPÄT...!!
バタ バタ
HOLTER
POLTER
ぱっ
WHAFF
ぐっ
GRAPP
HUSCH

WHUFF
KLAPPER
NUR NOCH EIN TAG BIS ZUR FEIERLICHEN ERÖFFNUNG DER OLYMPISCHEN SPIELE…
… IM NAGELNEUEN NATIONALSTADION VON TOKIO!
…
TUP
TUP
TUP
ICH HAB VERSCHLAFEN!
TUP
TUT MIR LEID!
…

RASCHEL
PAPA!
SAG BLOSS, DU HAST...
... DICH WIEDER MIT TOMATEN BEZAHLEN LASSEN!?
2020年
WUIIIII

ACH...
ウィーーン
WUIIII
DAS HAT DIREKTOR SHIJIMA WIRKLICH SO GESAGT?
カチャン
KLAPPER
カチャン
KLAPPER
ABER JA. WENN SIE DAS TABLET NICHT ÜBERGEBEN, WIRD ER SIE VOR GERICHT BRINGEN.
ABER... ICH VERSTEHE NICHT, WIESO ER JETZT AUF EINMAL...
DAS IST SEINE LETZTE WARNUNG!
BRUTZEL
ジュワー

BRUTZEL
WENN ICH NICHT WÄRE UND FÜR PAPA KOCHTE...
BRUTZEL
BRUTZEL
PUH...
ER WÜRDE DEN GANZEN VORMITTAG MIT LEEREM MAGEN HERUMRENNEN...
BRUTZEL
PAPA!
JETZT RÄUM WENIGSTENS DAS MAH-JONGG-SPIEL WEG!

FLUP
FLAP
FLAP
GUTEN MORGEN!
HI!
KLACK
TONK
TONK
UND HAST DU SCHON DAS GRAB VON MAMA BESUCHT?
NOCH NICHT.

GUTEN APPETIT!
ぱんっ
KLATSCH
HM...
んー
HNN
HM... LECKER! EINFACH KÖSTLICH!
ずー SCHLÜRF
EIGENLOB STINKT JA, ABER IN DIE-SEM FALL...
WEISST DU EIGENTLICH NOCH, DASS ICH MORGEN SOMMERFERI-EN KRIEGE?
OH...

STARR
HM...
SCHLÜRF
SAG MAL, WIR HABEN LANGE KEINEN URLAUB GEMACHT...
KÖNNTEN WIR NICHT MAL WIEDER CAMPEN FAHREN... SO WIE FRÜHER?
SCHLÜRF
OBWOHL... DIESES JAHR IST NICHT SO IDEAL...
WEGEN MEINER PRÜFUNGEN UND SO...
...

KLAPPER
DANKE FÜR DAS MAHL...
HIER, DEIN TEE!
KTONK
...

* FEST IM AUGUST, AN DEM DIE JAPANER IHRER TOTEN ANGEHÖRIGEN GEDENKEN.

...
NICHTS...
DIDONG
!
NESTEL
MOMO
HEUTE
BIS SPÄTER! ☺
GELESEN 07:54
MOMOTARO
SAG MAL... WILLST DU AN EINER UNI IN TOKIO STUDIEREN?
07:55
AUF EINMAL...
BEIM FRÜHSTÜCK KRIEGT ER KAUM EIN WORT RAUS, ABER JETZT...
EHRLICH GESAGT HÄTTE ICH SCHON LUST AUF TOKIO...
GELESEN 07:55
MOMOTARO
BEI MIR WIRD'S HEUTE SPÄT. ZUM FRIEDHOF GEHE ICH VOR DER ARBEIT!
DIDONG
WAS SOLL DAS DENN?
WIESO WECHSELT ER SCHON WIEDER DAS THEMA?
„TRIFFST DU DICH WIEDER MIT DEINEN MAH-JONGG-KUMPELS?"... „KRIEGT IHR DENN GENUG MITSPIELER ZUSAMMEN?"

ZOOM
ひょーい
!!
VERGISS BLOSS NICHT, HEUTE GELD FÜR DIE REPARATUREN ZU NEHMEN!
VERSTANDEN, PAPA?
* MORIKAWA MOTORS.
ÄH...
GEHT KLAR!
タッ
TAPP

GUTEN MORGEN, HERR KIJITA!
HALLO, KOKONE! SCHON SO FRÜH UNTERWEGS?
FRÜHER VOGEL FÄNGT DEN WURM!
GUTEN MORGEN!
TAP TAP TAP

VIEL SPASS BEIM MAH-JONGG MIT PAPA!
TAP TAP TAP
GUTEN MORGEN, HERR SATO!
HALLO, KOKONE! WIE IMMER FRISCH UND FRÖHLICH!
DER EINDRUCK TÄUSCHT! ICH LASSE MIR NUR NICHTS ANMERKEN!
VIEL SPASS MIT MEINEM VATER HEUTE ABEND!

TAP TAP TAP
TAP TAP TAP
NANU!
BIST DU DAS, MO?

KOKONE?!
DU BIST ES WIRKLICH!
LANGE NICHT GESEHEN!
HABT IHR AN DER UNI SCHON FERIEN?
ZUPP
BIST DU AUF HEIMATBESUCH?
UND GEWACHSEN BIST DU AUCH! ES IST GAR NICHT SO LANGE HER, DA WARST DU NOCH SOOO KLEIN UND BIST HINTER MIR HERGERANNT.
ES WÄRE MIR RECHT, WENN DU MICH NICHT MEHR MO NENNEN WÜRDEST.
WAS?!
ICH KANN DOCH JETZT NICHT AUF EINMAL ANFANGEN, DICH MORIO ZU NENNEN!
HE, DAS IST DIE TOCHTER VOM PIRATENONKEL!
KENNT IHR EUCH ETWA?
„PIRATENONKEL“? WIESO DAS DENN?
NA, DU WEISST SCHON. DER AUTOSCHRAUBER OBEN AN DER STRASSE...
DU MEINST... WEGEN SEINES KOPFTUCHS?
GENAU. DIE KIDS HABEN IHN SO GETAUFT ...

下津井循環線*
VROOOM
SAG MAL, MORIO ...
AUF WELCHE UNI GEHST DU ÜBERHAUPT?
* SHIMOTSUI LOOP LINE.
ICH WÜRDE AUCH GERN ZUM STUDIUM NACH TOKIO GEHEN!
IM ERNST?
IST TOKIO ECHT SO WEIT WEG VON HIER? NA JA... NOTFALLS KÖNNTE ICH MIT DEM FLUGZEUG FLIEGEN!
DAS SCHAFFST DU IN DEINEM GANZEN LEBEN NICHT!
...
...
...
KLACK
SCHAUKEL
SCHAUKEL
STARR

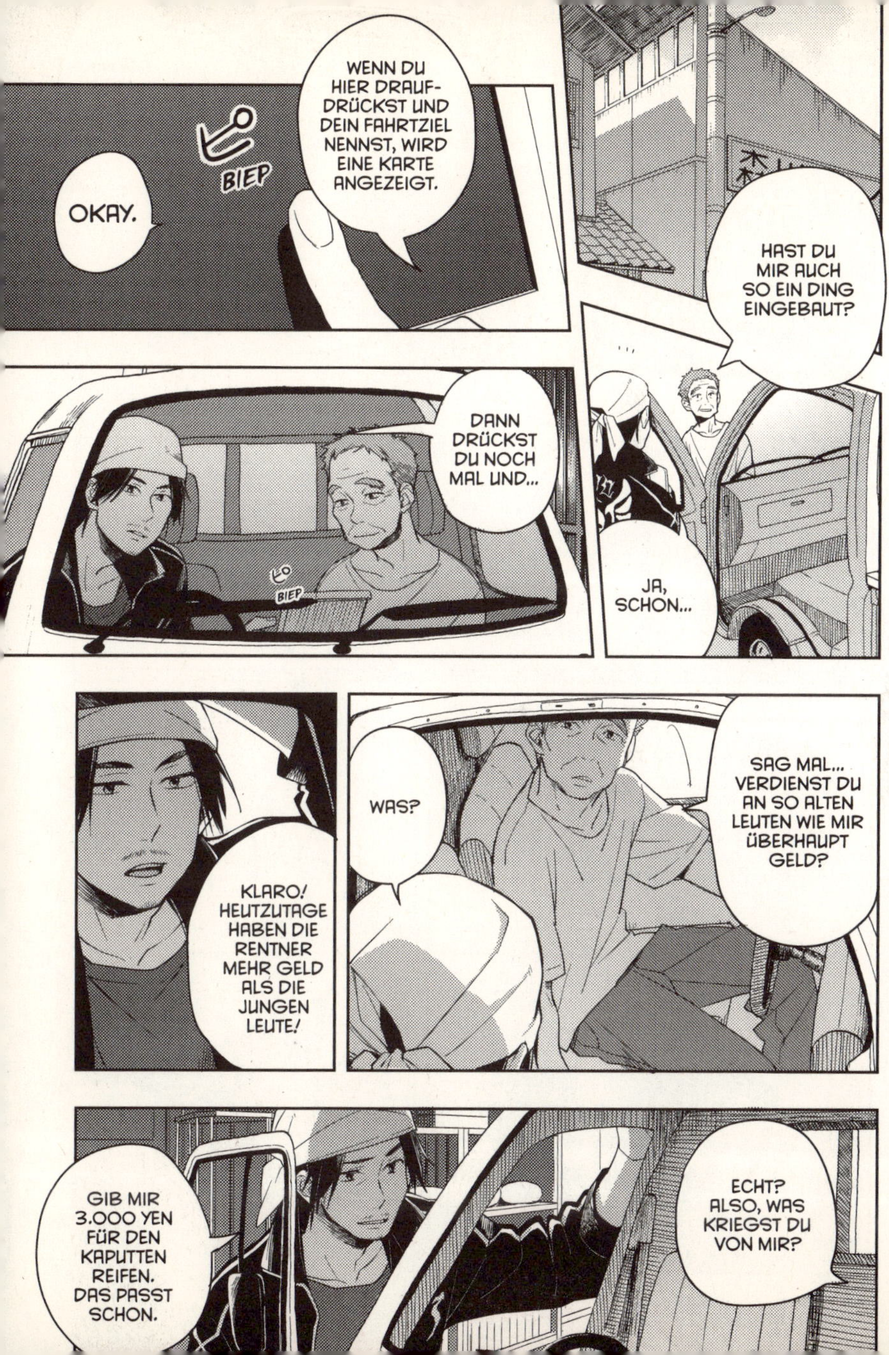
WENN DU HIER DRAUF-DRÜCKST UND DEIN FAHRTZIEL NENNST, WIRD EINE KARTE ANGEZEIGT.
ピ
BIEP
OKAY.
DANN DRÜCKST DU NOCH MAL UND...
ピ
BIEP
HAST DU MIR AUCH SO EIN DING EINGEBAUT?
...
JA, SCHON...
SAG MAL... VERDIENST DU AN SO ALTEN LEUTEN WIE MIR ÜBERHAUPT GELD?
WAS?
KLARO! HEUTZUTAGE HABEN DIE RENTNER MEHR GELD ALS DIE JUNGEN LEUTE!
ECHT? ALSO, WAS KRIEGST DU VON MIR?
GIB MIR 3.000 YEN FÜR DEN KAPUTTEN REIFEN. DAS PASST SCHON.

DANKE. DANN NIMM WENIGSTENS DAS HIER ALS GESCHENK!
RASCHEL
ZUR KOYAMA-KLINIK BITTE!
BIEP
HE, OPI! DAS LENKRAD MUSST DU SCHON FESTHALTEN!
VROOA
SCHON KLAR!
PASS AUF! WENN DIE POLENTE DICH ERWISCHT, KRIEGE ICH DEN ÄRGER!
ECHT, MANN...!

HEART-LAND WURDE SEIT JAHREN IMMER WIEDER VON EINEM RIESIGEN MONSTER HEIMGE-SUCHT.

UND ...
... DIE SCHULD DARAN TRUG ANCIEN.
ザッバァ
SPLASH

1. AKT – ENDE

Napping Princess

II. AKT
THUM
THUM
BUMM

ROBOTER-
KORPS!
ENGINE
HEADS
AKTIVIE-
REN!

ブシュウウ
ZISCH
KATONK
ガコン
JEDER ENGINE HEAD WURDE VON EINER ANTRIEBS-EINHEIT GESTEUERT, IN DER DIE PILOTEN SASSEN.
DIESE ANTIMONSTERWAFFEN WAREN DER GANZE STOLZ VON HEARTLAND.

LINKES BEIN!!
SCHRITT 18 METER VORAUS, WINKEL 7 GRAD!!
ZACK
ビッ
SCHRITT 18 METER VORAUS!!
WINKEL 7 GRAD!!

HNGG...
QUIETSCH
AYE, AYE, SIR!!
QUIETSCH
QUIETSCH
18 METER VORAUS, WINKEL 7 GRAD!!
WUIIIII

ズン
THUMM
ズン
THUMM

DAS WIRD SO NICHTS!
GEGEN DIESES MONSTER HILFT NUR EIN MAGISCHER ROBOTER!
WAAAH!
ワー
キャー
HILFE!

SWIFF
TAPP
KLACK
FLACKER
TACK
TACK
TACK

FSHAAA
HM ...
TACK
WOOOAH
ZISCH

ザァァァァァ
FSHAAAA
グッ
HNGG
ピクッ
ZUCK

WHAFF
RECHTES BEIN!!
QUIETSCH
KEUCH
23 METER ZURÜCK! WINKEL 12 GRAD!!
KEUCH
QUIETSCH
QUIETSCH
KEUCH
QUIETSCH
QUIETSCH

WHACK
BOOM

...
KLAP
BOOM
UAAAARH!
THUDD
GRRRR

HE, DU!!
HIER BIN ICH!!
GUT ...
PULL
VRMM
RUMS
KRASH
ZISCH

NANU!
WER IST DAS DENN...?
HN?
EIN PIRAT?!
...
JOY!
DEN MACHEN WIR UNS ZUM DIENER! MIT IHM BEZWINGEN WIR DAS MONSTER!
ZACK
AYE, AYE, SIR!

KLING
SKRIII
TONK
LOS GEHT'S, HEART!
ZERR
KOMM MIT MIR!

DIESMAL...
... SCHENKE ICH DIR EIN HERZ!
EMPFÄNGER
MIT EINEM HERZEN
ピ BIEP
ピ BIEP
ピ BIEP
ピッ BIEP

WUIIII
KACHANG
KACHANG
KACHANG
UWAH!
KACHANG
GESCHAFFT!
TAPP

HOPP
COOL!
KACHAK
AB DIE POST!!
VRMM
VROAAA
VROOOM

VRAAAAM
THUMM
WHAAAA
HA!
SKRIII

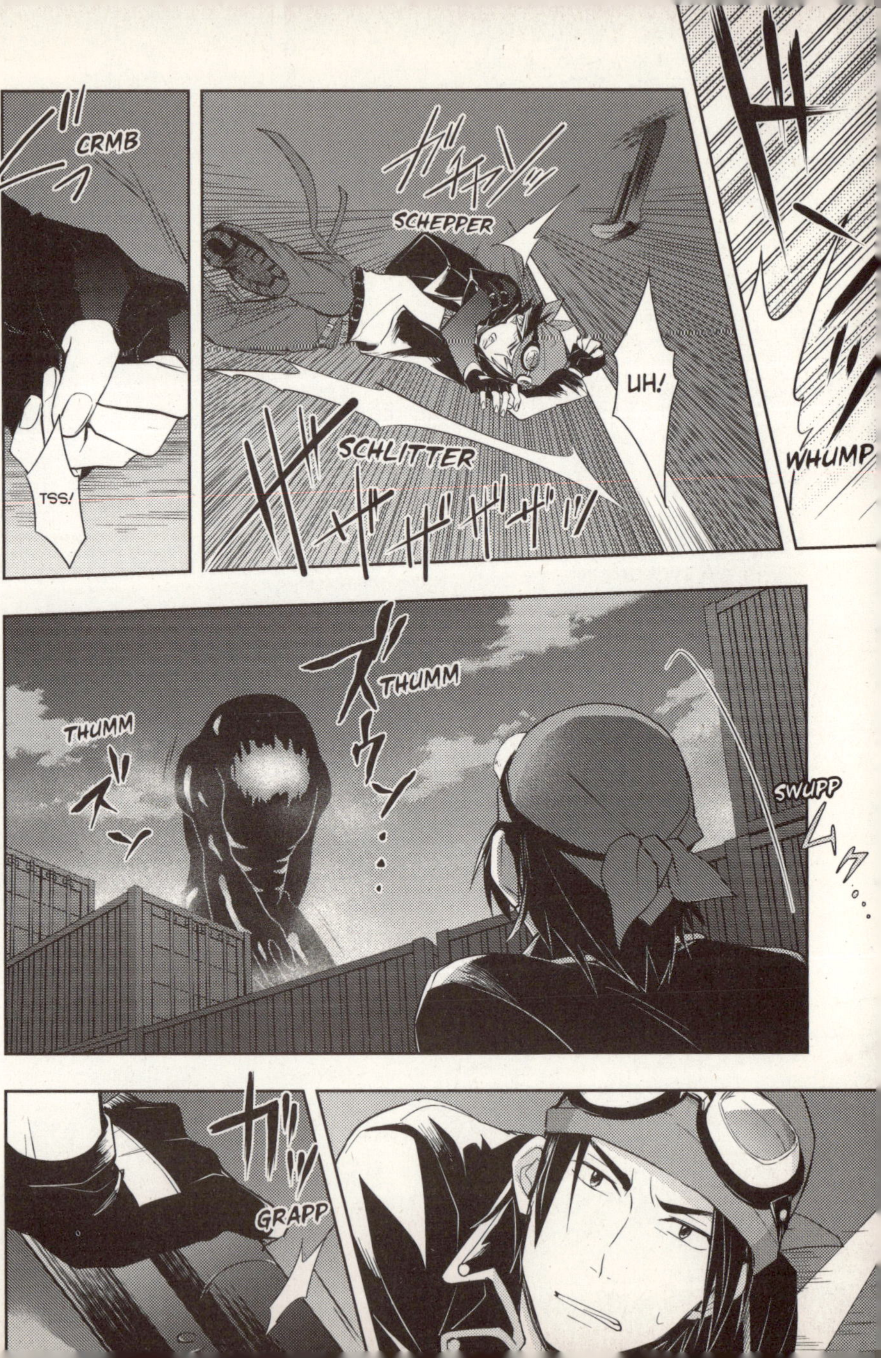

WHUMP
UH!
SCHEPPER
SCHLITTER
CRMB
TSS!
SWUPP
THUMM
THUMM
GRAPP

ガチャ
KACHAK
KABOOM
ボンッ
BDUM

ZISCH
SLURF
?!
KRASH
SLURF

ズ…
SLURF
ズズ
SLURF
UH...
じり…
STARR
ブン
WHUMM
ガシャン
KACHAK
はっ
HA!
ガ
VROAAAA

SKRIIIIII
STARR
HE!
HOPS
SWIRL
HE!

ICH HAB'S DOCH GE- WUSST!
EIN PIRAT!
HÄ?
ハッ
TAPP
ALSO GUT!
DU WIRST AB SOFORT MEIN DIENER SEIN!
FOLGE MIR!

SWSH
VRAAAA
KBAOOM
VRAAAAA
FSHHHH

ガ
VRAAAAA
ガ
VRAAA
WIE HEISST DU?
ガ
VRAAA
PEACH!
PEACH...?

HN...
ZUCK
DIESEN TRAUM...
... HATTE ICH SCHON LANGE NICHT MEHR...!
NA, HABEN WIR MAL WIEDER GETRÄUMT, FRÄULEIN MORIKAWA?
SCHRECK
NOCH HABEN DIE SOMMERFERIEN NICHT BEGONNEN!

UPS... TUT MIR LEID!
PATSCH
AUTSCH!
PUH!
DIESE SOMMERFERIEN SIND FÜR EUCH ALLE VON GROSSER BEDEUTUNG!
ES SIND EURE LETZTEN SOMMERFERIEN ALS OBERSCHÜLER. ICH HOFFE, DASS IHR DIESE ZEIT SINNVOLL NUTZT!
KLASSENBUCH
UND DAMIT MEINE ICH NICHT, DEN TAG ZU VERSCHLAFEN!
KAPIERT, MORIKAWA?
JA, HERR LEHRER!
WENN DAS SO IST...
AUF WIEDERSEHEN IM NEUEN SCHULJAHR!

DU BIST DER EIN-ZIGE, DER ALLES ÜBER FRÜHER WEISS...
NUR DU ALLEIN...

カッ…
TACK
森川家之墓

* GRAB DER FAMILIE MORIKAWA.

TAP
HERR MORI-KAWA?
MOMOTARO MORIKAWA, NICHT WAHR?

ICH MUSS VERHINDERN...
... DASS ER SICH MIT DIREKTOR SHIJIMA TRIFFT!
II. AKT – ENDE

Napping Princess

III. AKT

DU BIST EINE RICHTIGE SIEBEN-SCHLÄFERIN, KOKONE...
ACH, WENN DU WÜSS-TEST...
ICH MUSSTE DIE HALBE NACHT MIT PAPA MAH-JONGG SPIELEN!
WAS?
IM ERNST?!
ABER ICH HAB MIR WAS VERDIENT!
ACH, KOMM SCHON!
DU BIST DOCH SOWIESO IM-MER MÜDE!
DAS IST EINE BESONDERE BEGABUNG VON MIR!

EINE TOLLE BEGABUNG!
ACH...
ÜBRIGENS... WIRST DU DIE SOMMERSCHULE BESUCHEN?
ICH DENKE NICHT. WIR SIND KNAPP BEI KASSE...
WAHRSCHEINLICH LÄSST ER SICH MAL WIEDER IN NATURALIEN BEZAHLEN.
IRGENDWIE KRIEGT'S PAPA EINFACH NICHT GEBACKEN.
ER NIMMT NIE GELD FÜR DIE REPARATUREN!
ICH HAB HEUTE MORGEN GEFRAGT, ABER KEINE ANTWORT BEKOMMEN.
IHR REDET NICHT VIEL ZU HAUSE, WAS?
GAR NICHT.
IN LETZTER ZEIT SAGT ER MIR SOGAR PER APP GUTEN MORGEN...
IM ERNST?

!
TAP TAP TAP
TAP TAP
SCHON WIEDER DIE...
DU SCHULDEST MIR WAS!!
UCKS!
WHACK
SWUSH
PUH!
MEINE LETZTEN SOMMERFERIEN, UND ICH HAB KEINE AHNUNG, WAS ICH TUN SOLL...

BESUCHST DU VERWANDTE?
KJUT
ICH WÜSSTE NICHT, WEN...
ABER DEINE MUTTER STAMMT DOCH AUS DEUTSCHLAND, ODER?
WAS? WIESO?
PLÄTSCHER
PLÄTSCHER
WIESO? DU HAST IN DER MITTELSCHULE MAL IN EINEM AUFSATZ DARÜBER GESCHRIEBEN, DASS DEINE MUTTER DEUTSCHE IST.
ACH, DIESER AUFSATZ ...!
IRRE, DASS DU DICH DARAN NOCH ERINNERST!
DAS WAR ERFUNDEN!
HÄ?!
IN JEDEM NEUEN SCHULJAHR HABEN SIE MIR IMMER WIEDER DIESELBEN NERVIGEN FRAGEN GESTELLT... „WO IST DEINE MUTTER?“ UND „WIESO WEISST DU NICHT, WAS DEIN NAME BEDEUTET?“
IRGENDWANN HATTE ICH ES SATT UND HAB IHNEN EINFACH DIESES MÄRCHEN AUFGETISCHT.
...

ECHT VERRÜCKT.
!!
HAÄÄH
ABER DAS MAG ICH SO AN DIR, KOKONE!
VIELEN DANK, TOMO!
SCHNAPP
TRAMPEL
TRAMPEL
HE, MORIKAWA!
GERADE KAM EIN ANRUF...
TAPP
?!

ES GEHT UM DEINEN VATER!
TAPP

受
…

CRMB
HN?
HUPF
WAS MACHST DU DENN HIER, JOY?

NANU!
EIN TABLET?

GUTEN ABEND!
BLICK
...
PUH...
ROLL

PRESS
PAPA...
WOHIN HABEN SIE DICH GE-BRACHT...?

...
DU... MAMA...
WEISST DU, WAS PAPA ANGESTELLT HAT?
EIGENTLICH... WEISS ICH GAR NICHTS ÜBER DICH.
DU BIST BEI EINEM UNFALL GESTORBEN, ALS ICH NOCH GANZ KLEIN WAR.
DAS IST ALLES, WAS PAPA MIR ERZÄHLT HAT.
WAS HAST DU GEMACHT, ALS DU SO ALT WARST, WIE ICH JETZT BIN? HAST DU STUDIERT?
AH!
HA!
ICH WEISS NICHT, WAS ICH TUN SOLL...

MAMA...
BITTE HILF MIR...
OB ES DIESMAL FUNKTIONIERT HAT?

BEI DIR HAT ES MIT DEM SPRECHEN GLEICH GEKLAPPT, JOY!
!
ÄHEM.
ICH BIN ETWAS BESONDERES!
KACHAK
HUPF
PEACH IST ZURÜCK!
TAPP
WILLKOMMEN ZURÜCK, PEACH!

GRÜSST EUCH!
BIST DU FERTIG MIT DEINER ZAUBERFORMEL? SCHAFFST DU ES, DER MASCHINE LEBEN EINZUHAUCHEN?
HM...
ICH BIN MIR NICHT SICHER... ICH KANN NUR HOFFEN, DASS ES DIESMAL BESSER LÄUFT...
DAS WIRD SCHON!
DU SCHAFFST DAS!

KOKORONE SOLL DIR FLÜGEL VERLEIHEN!
HERZ!
FASS DEINEN WILLEN! NIMM DIR DIE FREIHEIT!!
GE...
KOKORONE SOLL DIR
HERZ! FASS DEINEN WILLEN! NIMM DIR DIE FREIHEIT!!
... SENDET!!
ZACK

VROOOA
KACHAK
KNIRSCH
FLASH
SUPER!
OH!!
TRAMPEL
!!
TRAMPEL
ÄH!

AUF FRISCHER TAT ERTAPPT!
DU BIST DER HEXEREI ÜBERFÜHRT, PRINZESSIN! DU WIRST ERNEUT IM GLASTURM INHAFTIERT!
HAT DAS WIRKLICH DER KÖNIG BEFOHLEN?
SICHER DOCH.
ABER WENN IHR MIR DAS TABLET AUSHÄNDIGT ...
... WERDE ICH BEI IHM EIN GUTES WORT FÜR EUCH EINLEGEN.

ピンポーン
DING DONG
ピンポーン
DING DONG
HA!
?!
...
かばっ
WHAFF

PAPA?
ピッ
BIEP
WER IST DAS DENN ...?
SIE MÜSSTE ZU HAUSE SEIN…
ICH WERDE DAS MÄDCHEN NACH TOKIO MITNEHMEN.
DIE POLIZEI IN TOKIO KÖNNTE WEGEN EINER UNBE-GLEITETEN MINDER-JÄHRIGEN ARGWÖH-NISCH WERDEN.

DIE POLIZEI IN TOKIO?
!!
DIDONG!
WHAFF
VON PAPA?
DAS...
DAS IST DOCH DER KERL!!

III. AKT – ENDE

Napping Princess

SPIN-OFF I

森川 モータース
* MORIKAWA MOTORS.
ココロネひとつで…人は空も飛べる!
** DAS HERZ AM RECHTEN FLECK VERLEIHT FLÜGEL
♪
♪
♪
♪
♪

KLAPPER
KLAPPER
LOS! MARSCH INS BETT!
WIESO DENN?
ICH BIN DOCH NOCH GAR NICHT MÜDE!
SWIFF
DANN GIBT'S HEUTE KEINE GUTENACHT-GESCHICHTE!
ÄH?!
WHAFF
HALT! PAPA! HALT!

WUMPH
BITTE! BIN SCHON IM BETT!
MACH SCHNELL, PAPA!
SEHR SCHÖN...
ES WAR EINMAL VOR LANGER ZEIT... DA GAB ES EINEN ORT NAMENS *HEARTLAND*...
... AN DEM ALLE MENSCHEN MIT DEM BAU VON MASCHINEN ZU TUN HATTEN.

SCHON WIEDER SO EIN FURCHT-BARER STAU...
WOHIN WOLLEN DIE ALLE?
HIERHER. NACH HEARTLAND CASTLE.

HERR ÜBER HEARTLAND WAR DER KÖNIG DES LANDES.
ER WAR ÜBERZEUGT DAVON, DASS IHM IM BAUEN VON MASCHINEN NIEMAND DAS WASSER REICHEN KONNTE.
UND ER GLAUBTE FEST DARAN, DASS DIE MASCHINEN ALLE MENSCHEN...
... GLÜCKLICH MACHEN WÜRDEN.
EXIT
HE, NEUER!
AM ERSTEN TAG SCHON ZU SPÄT GEKOMMEN. DU BIST JA EIN HELD!
DAS WIRD DIR VOM TAGESLOHN ABGEZOGEN!

WIE SOLL MAN BEI SO EINEM STAU PÜNKTLICH KOMMEN?
HÄ?
DU MUSST ...
... EBEN FRÜHER LOSFAHREN!
HUSCH
BAMM
AH...
...
WIE VERSTOPFT DIE STRASSEN WAREN, INTERESSIERTE NICHT.
SO WAR DER ALLTAG IN EASTOPOLIS, DER HAUPTSTADT DES KÖNIGREICHS HEARTLAND.
DER WUNSCH DES KÖNIGS WAR IN HEARTLAND GESETZ.

BOOM
ドオン
DEN KÖNIG QUÄLTE...
... INDES EIN PRO- BLEM...
SEINE GELIEBTE TOCHTER ANCIEN...
AN: JOY
JOY KANN LAUFEN UND SPRECHEN
... VERFÜGTE ÜBER MAGI- SCHE KRÄFTE UND BRACHTE SEINEM LAND UNHEIL.

BIEP
BLA
BLA
WUIIIII
KACHANG
IN GRAUER VORZEIT ...
... WAREN ALLE MENSCHEN GEÜBT IM GEBRAUCH EINER MAGIE NAMENS KOKORONE.
KACHANG
OOOH!
KACHANG
GUTEN TAG!

パパー
BANG BANG
ABER DIESE MAGIE WURDE VON IMMER MEHR LEUTEN MISS-BRAUCHT.
ドゴォッ
BOOM
UND DIE FOLGE WAR...
... DASS EIN FURCHT-BARES MONSTER DAS LICHT DER WELT ERBLICKTE.
ゴオオオオオ
FHOOOA

ALS MAN DEN KÖNIG MIT DIESER FORDERUNG KONFRONTIERTE...
DIE INQUISITION FORDERTE, DIE PRINZESSIN INS AUSLAND ZU VERBANNEN.
DESHALB WURDE DAS ZAUBERN STRENGSTENS VERBOTEN.
SO ERHIELT DIE PRINZESSIN SCHLIESSLICH HAUSARREST IM GLÄSERNEN TURM.
... KONNTE ER SICH NICHT DAZU ENTSCHLIESSEN, SEINER GELIEBTEN TOCHTER DAS ANZUTUN.
ZUR BEKÄMPFUNG DES MONSTERS WURDE EINE EINHEIT AUS KAMPFMASCHINEN AUFGESTELLT, DIE DAS BESTE BEINHALTETEN, WAS HEARTLAND IM MASCHINENBAU ZU BIETEN HATTE.
ES MUSS EIN ROBOTER SEIN, DER MIT MAGIE FUNKTIONIERT ...
SONST KANN MAN DAS MONSTER NICHT BESIEGEN!

WHAAA
キキキキキ
SKRIIII
ガチャ
KACHAK
BOOM
KAWOOM
ZISCH

WHAAAA
WER...
... IST DAS?
HN?
EIN PIRAT!
WHOOM
UWAAAAH!!

THUD
HNGG
UGH!
GRAPP
ZOOM
!
WHAAAA
WAS WILLST DU?!

TAPP
SKRIIII
HE!
HE, DU!!
ZUPP
DU WIRST AB SOFORT MEIN DIENER SEIN! FOLGE MIR!
ICH HAB'S DOCH GE-WUSST! EIN PIRAT!
HÄ?
ALSO GUT!

WIE HEISST DU?
PEACH!
VRAAAAA
PEACH?
SPIN-OFF – ENDE

Napping Princess

Napping Princess

– ERZÄHLUNG VON EINEM UNBEKANNTEN ICH –

CHARACTER FILE

KOKONE MORIKAWA

OBERSCHÜLERIN, DIE ZUSAMMEN MIT IHREM VATER IN OKAYAMA LEBT. TRÄUMT HÄUFIG VON DER ZAUBERNDEN PRINZESSIN ANCIEN AUS DEM KÖNIGREICH HEARTLAND. IST NICHT DIE BESTE SCHÜLERIN, KÜMMERT SICH ABER VOLLER HINGABE UM IHREN VATER.

↑ KOKONE HAT VIEL SPASS AM KOCHEN, WOBEI SIE SICH GERN AUCH MAL SELBST LOBT. WITZIG IST DER UNTERSCHIED ZWISCHEN IHRER LEBENDIGEN MIMIK UND DEM MEIST AUSDRUCKSLOSEN GESICHT IHRES VATERS.

↑ KOKONE ERMAHNT MOMOTARO, DER WENIG WIRTSCHAFTLICHEN SACHVERSTAND ZEIGT. ABER SIE TUT DAS MIT EINEM AUGENZWINKERN UND ES KLINGT AUS IHREM MUND NIE VORWURFSVOLL.

„DIESEN TRAUM... HATTE ICH SCHON LANGE NICHT MEHR..."

ANCIEN

PRINZESSIN DES KÖNIGREICHS HEARTLAND, DEM LAND DES MASCHINENBAUS. IST ALS MAGIERIN AUF DIE WELT GEKOMMEN, DIE IHREM LAND ANGEBLICH UNGLÜCK BRINGT. IN WAHRHEIT WILL SIE MITTELS IHRER MAGISCHEN KÜNSTE EIN MONSTER, DAS IHR LAND REGELMÄSSIG HEIMSUCHT, UNSCHÄDLICH MACHEN.

↑ ANCIEN GENIESST DIE AUSFAHRT AUF DEM MOTORRAD. SIE BESITZT DIE FÄHIGKEIT, GEGENSTÄNDEN LEBEN EINZUHAUCHEN. IHR SELBSTBEWUSSTER GESICHTSAUSDRUCK ERINNERT IRGENDWIE AN EINEN KRAFTVOLLEN MOTOR.

↑ ANCIEN FINDET GEFALLEN AN PEACH, DER ES GANZ ALLEIN MIT DEM MONSTER AUFNIMMT. SIE ENTSCHLIESST SICH, IHN ZU IHREM DIENER ZU MACHEN. DIE KOMBINATION AUS NAIVITÄT UND SELBSTBEWUSSTEM AUFTRETEN, DAS KEINEN WIDERSPRUCH DULDET, IST IN GEWISSER WEISE „TYPISCH PRINZESSIN".

„DIESMAL SCHENKE ICH DIR EIN HERZ!"

MOMOTARO MORIKAWA

VATER VON KOKONE. EHEMALIGER TUNICHTGUT, WIRD VON DEN KINDERN DER NACHBARSCHAFT WEGEN SEINES KOPFTUCHS „PIRATENONKEL" GENANNT. BESITZT EINE KLEINE AUTOREPARATURWERKSTATT. SPRICHT IM ALLTAG NUR WENIG MIT KOKONE, MACHT SICH ABER DURCHAUS SORGEN UM IHRE WEITERE AUSBILDUNG.

↑ SEINE MIENE WIRKT MEIST REGUNGSLOS, ABER HINTER DER FASSADE VERBIRGT SICH EIN GROSSES HERZ. SEINE KUNDEN SIND IHM SEHR DANKBAR.

↑ MOMOTARO HAT EIN DISTANZIERTES VERHÄLTNIS ZU SEINEM SCHWIEGERVATER. ALS DIESER IHN VERKLAGEN WILL, MACHT ER SICH AUF DEN WEG NACH TOKIO.

„DU BIST DER EINZIGE, DER ALLES ÜBER FRÜHER WEISS..."

MORIO SAWATARI

SANDKASTENFREUND VON KOKONE. IST ZWEI JAHRE ÄLTER UND STUDIERT IM ZWEITEN STUDIENJAHR AN DER TECHNISCHEN HOCHSCHULE TOKIO. ZIEHT GEGEN DIE SCHLAGFERTIGE KOKONE HÄUFIG DEN KÜRZEREN.

ES WÄRE MIR RECHT, WENN DU MICH NICHT MEHR MO NENNEN WÜRDEST."

JOY

KOKONES INNIG GELIEBTES PLÜSCHTIER WEICHT KEINE SEKUNDE VON IHRER SEITE. IN DER TRAUMWELT VON ANCIEN WIRD IHM MITTELS MAGIE LEBEN EINGEHAUCHT.

KÖNIG VON HEARTLAND

DER HERRSCHER DES KÖNIGREICHS HEARTLAND GLAUBT FEST DARAN, DASS MASCHINEN DEN MENSCHEN GLÜCKLICH MACHEN KÖNNEN. ER LEIDET DARUNTER, DASS SEINE TOCHTER ANCIEN MIT MAGISCHEN FÄHIGKEITEN AUF DIE WELT GEKOMMEN IST.

ROBOTERKORPS! ENGINE HEADS AKTIVIEREN!

Nachwort

Herzlichen Dank an alle, die den ersten Band von „Napping Princess“ in Händen halten! Mein Name ist Hana Ichika. Ich bin ein großer Anhänger der familiären Liebe und der Familienbande. Das Weltbild von „Napping Princess“, diese Mixtur aus Kokones Traumwelt und Realität, weist einige Parallelen mit der kreativen Arbeit eines Manga-Künstlers auf. Denn auch der produziert Träume, Fantasien... und ab und zu auch Wahnvorstellungen, wobei die Zeit im Traum meist lustig und die Zeit in der Realität (Stichwort „Deadline“) ziemlich hart sein kann.

Die tagtägliche Arbeit verlangt mir einiges ab, aber lebendige Figuren wie Ancien und Kokone zu zeichnen bereitet mir unglaubliche Freude. Wenn Peach, Ancien und Joy so aufgereiht dastehen, sind sie total niedlich.

„Napping Princess“ verbindet sehr unterschiedliche Elemente und ich bin sehr glücklich, wenn euch nicht nur der Anime, sondern auch der Manga Vergnügen bereitet. Ich weiß, dass es noch viel zu verbessern gibt und manches noch krude und unbedarft ist, aber ich würde mich freuen, wenn ihr uns auf lange Sicht die Treue haltet. Euch allen wünsche ich wunderschöne Träume!

Special Thanks: Miki Kamiya, Atsuya Ito, Satomi Hizumi Mayumi Iida, Ayumi Otsuki, Asuka Enami, Riho-chan

Lektor: Kohei Ito

Hana Ichika

Napping Princess

&SF FANTASY

Kamome Shirahama

Atelier of Witch Hat – Das Geheimnis der Hexen

Eine Hexe wird man nicht, eine Hexe ist man!

Coco wurde leider nicht als Hexe geboren, aber sie will trotzdem eine sein. Als eines Tages ein Zauberer in ihrem Dorf auftaucht, kann sie ihr Glück kaum fassen. Sie folgt ihm auf Schritt und Tritt... und begeht dadurch einen schrecklichen Fehler!

Limitierte Luxusausgabe mit Goldveredelung

Atelier of Witch Hat – Das Geheimnis der Hexen

Band 1 ISBN 978-3-7704-9961-8

€ 7,00 [D]

www.egmont-manga.de

MANGA 漫画

EGMONT

MANGA
漫画

EGMONT

ROMANCE

HAKURI
Color of Happiness

Eine etwas andere Liebesgeschichte

Sachi kommt mit ihren Eltern nicht klar und will einfach nur weg. Deshalb täuscht sie gemeinsam mit dem Typen, der sie immer stalkt, eine Entführung vor. Versteckt in dessen Einzimmer-Appartment machen die beiden einen Deal: Wenn sie mit der Entführungsnummer durchkommen, wird geheiratet...

Color of Happiness

Band 1 ISBN 978-3-7704-9949-6
€ 7,50 [D]

www.egmont-manga.de

MANGA 漫画 EGMONT

Adachitoka

Noragami

Ein Gott für alle Fälle!

Schluchzend sitzt Mutsumi auf der Schultoilette und weiß nicht, wie sie das Mobbing ihrer Mitschüler noch länger ertragen soll. Da fällt ihr Blick auf eine Telefonnummer an der Wand, die Hilfe verspricht. Sie wählt und plötzlich erscheint vor ihr ein Junge. Der selbsternannte, freche Gott Yato bietet seine Hilfe an, allerdings nicht ohne Hintergedanken. Denn Yato braucht Leute, die an ihn glauben, um ein echter Gott zu werden. Allerdings hat letztens seine „göttliche Waffe" gekündigt, weil sie es nicht mehr mit ihm aushielt. Kann Yato überhaupt jemanden von sich überzeugen?

Noragami
Band 1 ISBN 978-3-7704-7944-3
€ 7,50 [D]

MANGA 漫画 EGMONT

www.egmont-manga.de

MANGA 漫画

EGMONT

MYSTERY

Ai Ninomiya / Ikuhiro Nao / Kinako

Good Night Jack the Ripper

In der Hölle geht es heiß her!

Edward der Vollstrecker schneidet Menschen mit einer riesigen Schere die Köpfe ab. Doch eines Tages wird sein Herz durchstochen und er landet geradewegs in der Hölle. Edward hat die Nachricht seines Todes noch nicht ganz verdaut, da soll er sich schon einen Job und eine Wohnung suchen, die Kaution und die Miete bezahlen. Außerdem macht er Bekanntschaft mit Jack the Ripper und muss feststellen, dass Monster nicht mehr sein größtes Problem sind ...

Good Night Jack the Ripper

Band 1 ISBN 978-3-7704-9746-1
€ 7,50 [D]

www.egmont-manga.de

MANGA 漫画 EGMONT

SUTOPPU!

Koko wa kono manga no owari dayo.
Hantaigawa kara yomihajimete ne!
Dewa omatase shimashita!
Tanoshii hitotoki wo dozo!

Egmont Manga Chiimu

STOPP!

Das ist der Schluss des Mangas.
Fangt bitte am anderen Ende an!
Und nun genug der Vorrede,
viel Spaß beim Lesen!

Euer Egmont Manga Team

Napping Princess 01
von Hana ICHIKA & Kenji KAMIYAMA
aus dem Japanischen von: John Schmitt-Weigand
Originaltitel: „Hirune Hime: Shiranai Watashi no Monogatari" Vol. 1

Originalausgabe:
Napping Princess "The Story of Unknown Me" Volume 1

First published in Japan in 2017 by KADOKAWA CORPORATION, Tokyo.
German translation rights arranged with KADOKAWA CORPORATION, Tokyo
through TOHAN CORPORATION, Tokyo.

Deutschsprachige Ausgabe:

Egmont Verlagsgesellschaften mbH,
Alte Jakobstr. 83, 10179 Berlin

1. Auflage

Verantwortlicher Redakteur: Steffen Hautog
Gestaltung: Claudia V. Villhauer
Printed in the EU

Redaktion: Frank Neubauer
Koordination: Manuela Rudolph
ISBN 978-3-7704-5534-8